AF360130

# LA POLOGNE CONTEMPORAINE

# HYMNES DU RÉVEIL

## Monument religieux et patriotique du XIX<sup>e</sup> siècle

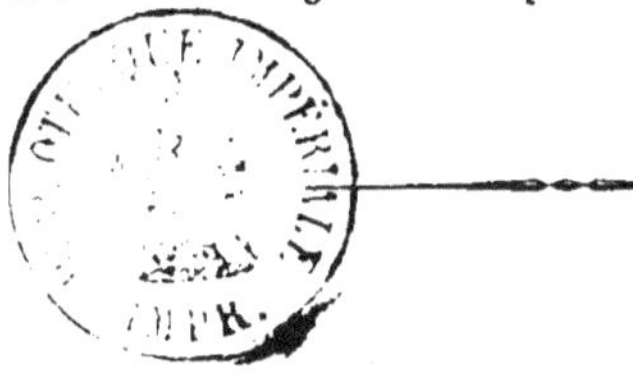

Rends-nous notre patrie,
rends-nous la liberté!

**Traduction en prose par STANISLAS BRATKOWSKI**

## Traduction de quatre hymnes en vers

### Par M. Auguste SOUR

PARIS

E. DENTU, LIBRAIRE-ÉDITEUR

PALAIS-ROYAL, 17 ET 19, GALERIE D'ORLÉANS

1863

# LA POLOGNE CONTEMPORAINE

Les hymnes religieux et patriotiques que nous publions en français ont un instant cessé de retentir dans les églises de la Pologne; mais Dieu les a entendus et à l'heure qu'il est, le Polonais, de martyr redevenu soldat, entonne en combattant pour la patrie : *Bozé cos Polské*, sa marseillaise qui soutient le courage de ses intrépides faucheurs.

M. de Montalembert, dans son ouvrage : *Une Nation en deuil*, a fait, le premier, connaître ce chant à l'Europe. Son éloquente appréciation de la musique et de la poésie de cet hymne, peut s'appliquer à juste titre à la musique et aux paroles des autres chants dont nous donnons la traduction littérale et en prose. La poésie y perd sans doute une partie de son prestige et la musique ne lui prête plus son magique pouvoir, mais la pensée qui les a inspirés est fidèlement rendue. La nation a la conscience de ses devoirs et de ses droits, et pleine de confiance en la justice du ciel, elle ne recule pas devant la mort: voilà le thème de ses pieuses invocations. Le traducteur, en prose, a sollicité l'inspiration de quelques poëtes français; l'un d'eux, M. Auguste Sour, a bien voulu répondre à ses instances réitérées, par quatre hymnes de son choix, que nous publions à la tête de ce recueil ; un autre, en motivant son refus, n'a pas donné une preuve moins grande de sa bienveillance. Voici quelques mots que M. F. Richard-Baudin, professeur au Lycée de Dijon, maître ès-Jeux-Floraux, a bien voulu adresser à ce sujet à M. Besson, professeur, qui a le plus concouru à réviser le style de la traduction en prose :

« Quant aux chants polonais, mon cher ami, la prose l'emporte sur les vers, dès qu'il s'agit de traduction. Le plus ou moins d'élégance des vers ne saurait jamais rendre la pensée dans sa naïve et énergique simplicité. Je les traduirais volontiers, car j'aime singulièrement la Pologne ; mais crois-moi, ni mes vers, ni même ceux d'un autre, ne vaudront la prose que tu m'as envoyée. Je rendrais la valeur de la pièce d'or, mais en menue monnaie. »

Rassurés par ce témoignage sur la valeur de la traduction, qu'il nous soit cependant permis d'emprunter au bienveillant traducteur du *Pèlerin polonais*, d'Adam Mickiewiez, sa traduction du chant *Bozé cos Polské*, traduction que nous n'avons pas osé entreprendre après M. de Montalembert. Nous devons aussi remercier à cette occasion l'illustre académicien des belles choses qu'il a bien voulu dire sur la Pologne, de son caractère, sa foi, son dévouement, sa persévérance et son réveil.

En effet, l'ennemi de la Pologne possède des armes, des armées, tout appareil de guerre, mais le sentiment qui anime le Polonais, lui fait défaut. Il ne croit pas dans la justice de Dieu.

Paris, le 15 mars 1863.

# BOŻE COŚ POLSKĘ

Seigneur, prêtez l'oreille à mes paroles, entendez mes cris!

PS. VI.

O Seigneur Dieu! longtemps ta Pologne fidèle
Eut son front couronné de force et de splendeur;
A l'ombre de ta main, égide paternelle,
Longtemps tu fis fleurir sa gloire et sa grandeur,
Et ta bonté longtemps détourna la tempête
Qui dans ces jours de deuil accable notre tête!...
    Au pied de ton autel, tout un peuple attristé
Se prosterne, Seigneur, te conjure et te crie :
        Rends-nous, rends-nous notre patrie!
        Seigneur, rends-nous la liberté!


O Seigneur Dieu! plus tard, ému de notre chute,
A la plus sainte cause apportant ton secours;
De ton bras tu soutins nos enfants dans la lutte;
C'est toi qui fis, mon Dieu! dans ces glorieux jours,
Devant le monde entier resplendir leur courage
Et grandir leur honneur jusqu'au sein du naufrage...
    Au pied de ton autel, tout un peuple attristé
Se prosterne, Seigneur, te conjure et te crie :
        Rends-nous, rends-nous notre patrie!
        Seigneur, rends-nous la liberté!

Seigneur ! toi dont le bras dans sa vengeance austère
Brise dans un clin-d'œil le sceptre des puissants
Et rompt le glaive aux mains des maîtres de la terre !
Bouleverse, Seigneur, les complots des méchants !
Suscite de nouveau l'espérance tarie
Dans tout cœur Polonais par ton souffle agité !
     Rends-nous, Seigneur, notre patrie !
     Seigneur, rends-nous la liberté !...


Dieu saint ! un mot suffit pour nous faire revivre...
Arrache à ses tyrans la Pologne aux abois !
Bénis notre jeunesse et l'ardeur qui l'enivre !..
Au nom du corps sanglant de Jésus sur sa croix,
A nos frères tombés sur la terre flétrie
Daigne ouvrir, ô Dieu saint ! l'éternelle clarté !
     Rends-nous, Seigneur, notre patrie !
     Seigneur, rends-nous la liberté !..


Dieu saint ! reçois nos pleurs, entends nos chants funèbres !
Depuis un siècle à peine un joug avilissant
Nous accable et déjà ce sol plein de ténèbres
A pour la liberté bu des fleuves de sang.
Si notre âme, Seigneur, douloureuse et meurtrie,
Pleure ainsi le séjour de ce monde agité...
Ah ! combien celui-là doit être épouvanté
Qui perd à tout jamais la céleste patrie !
Rends-nous, rends-nous, Seigneur la Pologne chérie !
     Seigneur, rends-nous la liberté !

# NOUS SOMMES TRISTES, SEIGNEUR !

Jetez vos regards sur moi et ayez compassion.

PS. XXIV, 16.

Peut-être, Seigneur Dieu ! pour la dernière fois
Ton peuple adresse au ciel sa déchirante voix !
Déjà le vers rongeur dévore nos poitrines ;
Et nos os desséchés jusque dans leurs racines
Sous nos flancs amaigris font luire leur pâleur...
   Nous sommes tristes, Seigneur !

Ton doigt nous guide... mais, au bord des précipices,
Orphelins, nous errons dans la nuit du péché...
A tout breuvage amer notre lèvre a touché,
Nous avons bu sans trève aux plus affreux calices...
Et versé par torrents notre sang le meilleur...
   Nous sommes tristes, Seigneur !

Sur les ardents bûchers où se meurent nos frères,
Sur ces champs que nos fils, après de vains efforts,
Exténués, sanglants, recouvrent de leurs corps,
En place de rosée et d'ombre, tes tonnerres
Pleuvent sur nous, mon Dieu ! Mon Dieu ! dans sa douleur,
Sous le collier de fer où sa gorge est captive,
Ton peuple jusqu'à toi pousse sa voix plaintive :
   Nous sommes tristes, Seigneur !

O Seigneur ! nous pleurons... Hélas ! bientôt peut-être,
L'ennemi brisera nos foyers, nos tombeaux.
Les vents emporteront la cendre des héros...
Et puis sous notre toit viendra s'asseoir en maître
Des os de nos aïeux le vil profanateur...
   Nous sommes tristes, Seigneur !

Sous le vent de la nuit le chêne a son langage,
Et de son premier nid l'hirondelle gaîment
Redit sous tous les cieux le doux gazouillement ;
Mais d'avoir oublié sa langue du jeune âge
Peut-être de nos fils plus d'un se fait honneur...
   Nous sommes tristes, Seigneur !

Rassemblés au printemps sur la plage étrangère,
Tous les oiseaux du ciel prennent leur vol joyeux...
Autour des **saints** foyers, ne pourrons-nous comme eux,
Échappés à la nuit, à l'orage, au tonnerre,
Nous retrouver un jour, rayonnants de bonheur !
Mais non... Nul ne viendra de ceux que le ciel frappe ;
Leurs corps, jalons sanglants, marqueront chaque étape...
   Nous sommes tristes, Seigneur !

L'ennemi, qui nous tient dans sa main usuraire,
Trafique de nos pleurs, nos seuls trésors à nous.
Sans force, nous restons exposés à ses coups
Et notre bouclier troué, vaine barrière,
Ne brise plus ses traits qui nous vont droit au cœur.
   Nous sommes tristes, Seigneur !

Tu le vois, ô Seigneur ! nous sommes sans défense...
Seigneur, Seigneur ! pareils aux feuilles des buissons,
Sous un souffle brûlant, fanés nous languissons ;
Et tu n'avances pas l'heure de délivrance !
Ah ! du moins, l'âme pleine et d'angoisse et d'horreur,
Devant toi prosternés et le front dans la poudre,
Nous te répéterons aux éclats de ta foudre :
   Nous sommes tristes, Seigneur !

# LE CHŒUR

Chant composé en 1846 à l'époque des douloureux événements de la Galicie

> Il a mis son espoir dans le Seigneur,
> disaient-ils, que le Seigneur le délivre
> maintenant, qu'il le sauve, s'il est vrai
> qu'il l'aime.
>
> PS. XXI.


A la lueur des incendies,
A travers les vapeurs du sang qui coule à flots
Du sein béant de nos héros,
Vers toi, Seigneur, vers toi tendant nos mains roidies ;
Nous poussons dans la nuit cette immense clameur,
Cri déchirant, plainte terrible,
Si terrible, mon Dieu ! qu'au front le plus paisible
Les cheveux blanchissent d'horreur.
Nous ne connaissons plus d'autre chant que la plainte...
La couronne d'épine est sur nos fronts mourants
Incrustée, et, Seigneur, de ta colère sainte
Épouvantables monuments,
A tout jamais frappés de ta céleste crainte,
Nous dresserons vers toi nos deux bras suppliants.


Soumis à d'affreuses tortures,
Combien de fois, Seigneur, adorant ton courroux
Nous avons ployé sous tes coups !
Après avoir lavé nos sanglantes blessures,
Raffermis et déjà poussant des cris d'espoir
Nous nous disions : « Dieu, notre père,
« A fait taire pour nous le vent de sa colère
« Et son cœur se laisse émouvoir ! »

Nous courions au combat, plein d'un nouveau courage...
Mais, ô Dieu ! tu voulus combler notre douleur...
Comme sous un granit, l'ennemi, dans sa rage,
Nous tient sous son genou vainqueur,
Nous écrase et nous dit dans un suprême outrage :
« Où donc est-il ce Dieu ! où donc est leur Seigneur ? »

Aux cieux fulminants et sonores
Nous levons par moments notre regard troublé,
Dans le firmament ébranlé
Cherchant s'il ne va pas surgir des météores,
Témoignage éclatant contre notre ennemi.
Agité d'un doute terrible,
Avant que notre sein, redevenu paisible
Dans sa foi se soit affermi,
Nos lèvres bien souvent, dans une ivresse folle,
Ont jeté le blasphème à ton nom vénéré,
Mon Dieu ! mais tu le sais, notre cœur se désole,
Il est saignant et déchiré...
Juge d'après son cœur, non d'après sa parole,
Juge un jour, ô mon Dieu ! l'enfant désespéré.


Siècle de honte et de misère !
Que de crimes affreux n'as-tu pas enfantés !...
Seigneur ! que de calamités :
La mère par son fils égorgée, et le frère
Dans le sein de son frère enfonçant le couteau...
Il est des Caïn dans le nombre...
Mais, s'ils ont refoulé notre avenir dans l'ombre
Et voilé son brillant flambeau,
Regarde où fut, mon Dieu ! le crime véritable...
Des démons, tu le sais, partout les animant,
Leur soufflaient dans le cœur cette rage implacable...
O mon Dieu ! montre-toi clément !
Que ta colère pèse au bras qui fut coupable !
Le glaive, n'est, Seigneur, qu'un aveugle instrument...

Notre foi n'est pas ébranlée...
Vers les astres toujours nos désirs s'envolant
Montent dans un sublime élan.
Telle on voit vers le soir d'oiseaux la troupe ailée
Se rassembler en hâte à leur nid printannier,
Dans ton sein, Seigneur tutélaire !
Ainsi nous accourons porter notre prière.
Que ton bras daigne déployer
Sur nos têtes en deuil son ombre protectrice !
Permets-nous d'entrevoir tes futures faveurs !
Que la fleur du martyre entr'ouvrant son calice,
Nous enivre de ses odeurs !
Et que son auréole au grand jour resplendisse
Autour de notre front glorieux et vainqueur !...


Seigneur, donne-nous ton archange
Pour marcher foudroyant devant tous tes soldats,
Dans le dernier de nos combats.
Sur le corps de Satan palpitant dans la fange
Alors nous planterons ton drapeau glorieux.
A nos frères ouvrant notre âme
Réjouie et brûlant d'une céleste flamme,
Nous verrons couler de leurs yeux
Les pleurs du repentir et dans ce jour suprême
Où l'enfant criminel enfin se lavera
Et de la liberté recevra le baptême.
Alors chacun de nous dira
A ceux qui vers le ciel ont lancé le blasphème :
Voilà, voilà le Dieu qui fut et qui sera !

# A JÉSUS-CHRIST

Le Seigneur donnera la force à son peuple.

PS. XXVIII, 2.

Seigneur, ô Seigneur Dieu ! courbés jusqu'à la terre,
    Chaque jour nous te répétons :
Si la pauvre Pologne éprouve ta colère,
    O Seigneur ! nous le méritons...
Mais tu vois, ô mon Dieu ! notre affreuse misère,
Nos maux tu les connais... Que nos cris de douleur
    Montent jusqu'à toi, Dieu sauveur !


De nos derniers martyrs de fraîches sépultures
    Par milliers recouvrent les os.
Sur le Calvaire autant tu souffris de blessures,
    Autant de ronces tes bourreaux
T'ont fait fouler, Seigneur, au milieu des tortures...
Sous les balles tombés ou morts dans les prisons
    Autant de frères nous comptons.


Oh ! oui, notre Sauveur ! la Pologne enchaînée
    Et qu'un despote garrotta
Par d'ignobles bourreaux sans cesse environnée,
    C'est là ta croix du Golgotha !...
Mais aujourd'hui d'un feu soudain illuminée
La Pologne est unie et forte dans sa foi ;
    Seigneur ! nous espérons en toi.

Ah ! nous invoquons tous dans notre humble prière
Ton père qui domine aux cieux ;
Place les Polonais sous ton bras tutélaire...
Juge miséricordieux !
Daigne nous pardonner notre erreur passagère !
Notre patrie espère en ta sainte bonté,
Rends-lui, mon Dieu ! la liberté.


Soutiens, nous t'en prions, la Pologne opprimée !
Relève ceux qu'on tenait bas
Courbe les orgueilleux ! Que notre âme alarmée
Au désespoir ne cède pas !
Sois avec nous, combats, disperse leur armée !
Mais pardonne aux bourreaux leur odieux forfait,
Ils ne savent ce qu'ils ont fait.


Chaque jour nous courbons le front dans la poussière
Pour invoquer ton nom puissant et protecteur,
Chaque jour nous poussons vers toi cette prière :
De la pauvre Pologne, ah ! prends pitié, Seigneur !

# A DIEU

(BOŻÉ COS POLSKÉ, traduction de M. de Montalembert).

Seigneur, prêtez l'oreille à mes paroles, entendez mes cris.
PS. V, 1.

I. Seigneur Dieu, toi qui durant tant de siècles entoura la Pologne de splendeur, de puissance et de gloire ; toi qui la couvrais alors de ton bouclier paternel, toi qui détournas si longtemps les fléaux dont elle a été enfin accablée, Seigneur, prosternés devant tes autels, nous t'en conjurons, rends-nous notre patrie, rends-nous la liberté !

II. Seigneur Dieu, toi qui, plus tard, ému de notre ruine, as protégé les champions de la plus sainte cause ; toi qui leur a donné le monde entier pour témoin de leur courage, et fais grandir leur gloire au sein même de leurs calamités ! Seigneur, prosternés devant tes autels, nous t'en conjurons, rends-nous la patrie, rends-nous la liberté.

III. Seigneur Dieu, toi dont le bras juste et vengeur brise en un clin d'œil les sceptres et les glaives des maîtres du monde, mets à néant les desseins et les œuvres des pervers, réveille l'espérance dans notre âme polonaise ; rends-nous la patrie, rends-nous la liberté.

IV. Dieu très-saint, dont un seul mot peut en un instant nous ressusciter, daigne arracher le peuple polonais de la main des tyrans, daigne bénir les ardeurs de notre jeunesse. Rends-nous, Seigneur, rends-nous la patrie, rends-nous la liberté.

V. Dieu très-saint, au nom des plaies sanglantes du Christ, daigne ouvrir la lumière éternelle à nos frères qui sont morts pour leur peuple opprimé ; daigne accepter l'offrande de nos larmes et de nos chants funèbres ; rends-nous la patrie, rends-nous, Seigneur, la liberté.

VI. Dieu très-saint, il n'y a pas encore un siècle que la liberté a disparu de la terre polonaise, et pour la regagner notre sang a coulé par torrents ; mais s'il en coûte tant de perdre la patrie de ce monde, ah ! combien doivent trembler ceux qui perdront la patrie éternelle ! Prosternés devant tes autels, nous t'en conjurons, Seigneur Dieu, rends-nous la patrie, rends-nous la liberté.

# A LA MÈRE DE DIEU

> Souvenez-vous de vos bontés et de vos miséricordes que vous avez fait paraître de tout temps.
>
> PS. XXIV. 6.

I. Très-sainte Vierge Marie, mère de notre divin Sauveur, en gémissant nous approchons de tes autels. Un ennemi sans pitié massacre ton peuple désarmé, il brise la croix du Seigneur et il insulte à ton image.

En versant des larmes nous invoquons ta miséricorde. O notre Mère ! aie pitié de nous.

II. O toi ! notre très-sainte Mère, toi, couronnée Reine de Pologne à Jasna Gora, tourne vers nous tes regards, désarme par tes prières le courroux du Seigneur que nous avons offensé, offre-lui le sang de tes enfants que font couler tes ennemis.

En versant des larmes, etc.

III. Le joug qui pèse sur nous nous meutrit cruellement ; mais l'amour, l'espérance et la foi demeurent inébranlables dans nos cœurs et nous marchons la poitrine découverte au devant des balles pour racheter la patrie au prix de notre sang.

En versant des larmes, etc.

IV. Très-sainte Vierge, tu as défendu ton peuple contre les Suédois, à présent que les tyrans Moscovites nous oppressent, ne laisse pas succomber la Pologne.

En versant des larmes, etc.

V. Notre espoir et notre salut sont en Dieu et dans ton

intercession toute-puissante. Avec ton assistance, un seul homme en vaincra cent et la Pologne ne périra pas.

En versant des larmes, etc.

VI. Chez les nations où règne la liberté, éveille les sympathies pour ce malheureux peuple. O notre Mère, notre Mère ! exauce la prière de tes enfants, fais un nouveau miracle et ressuscite notre patrie.

En versant des larmes, etc.

VII. Lorsque le Seigneur nous couvrira du bouclier de sa grâce, nos infortunes finiront et le nom de Dieu sera glorifié.

En versant de larmes, etc.

VIII. Alors dans tes temples d'où montent aujourd'hui des chants plaintifs mêlés de larmes, retentiront des hymnes d'allégresse et d'actions de grâces que nos saints chanteront aussi dans le ciel.

En versant des larmes, nous invoquons ta miséricode. O notre Mère ! aie pitié de nous.

---

# A DIEU

(L'hymne chanté à la procession de la Fête-Dieu)

Jusqu'à quand, Seigneur, m'oublierez-vous toujours.
PS. XII, 1.

I. Dieu dont la bonté est inépuisable, nous élevons vers toi nos bras chargés de chaînes et nous t'implorons à haute voix, Seigneur, fais nous sortir de la servitude.

II. De nos souffrances la mesure est comblée, aucun sacrifice n'est au-dessus de nos forces ; désarmés, nous ne craignons pas les balles, mais, Seigneur, qu'après nous la patrie soit libre.

III. Est-ce que les poitrines de nos pères ne servirent pas de rempart à la croix ? Revêtus de leurs armures ailées (1) ils vo-

(1) Les anciens guerriers polonais portaient des ailes à leurs armures.

laient au combat et portaient ton nom sur la pointe de leurs sabres.

**IV.** Pourquoi donc, Seigneur, as-tu condamné ainsi les enfants de ton peuple? Pourquoi soumets-tu les serviteurs fidèles à celui qui méprise et outrage toutes tes lois?

**V.** Si jadis nous avons péché, Seigneur! le sang de nos martyrs a depuis coulé par torrents, et des larmes innocentes coulent tous les jours dans tes temples. Dieu qui nous punis, enfin aie pitié de nous.

**VI.** Grand Dieu! aie pitié et daigne entendre le cri que la nation Polonaise pousse vers toi! Seigneur, rends-nous la patrie!

---

# A NOTRE SEIGNEUR JÉSUS-CHRIST

Le Seigneur donnera la force à son peuple.
PS. XXVIII. 11.

**I.** Dieu! ô Dieu! nous courbons nos fronts et nous te répétons tous les jours : que le courroux que tu fais éclater sur la pauvre Pologne n'est que trop mérité.

**II.** Seigneur! ô Seigneur! tu es juste, tu connais et vois nos souffrances. Que nos voix parviennent jusqu'à toi, ô Sauveur!

**III.** Le tombeau élevé d'hier à nos derniers martyrs renferme autant de victimes que tu as reçu de blessures à travers les plus cruelles épreuves. Autant tu as foulé de ronces et d'épines en apportant au monde la loi nouvelle, autant nous comptons de frères tombés sous les balles, ou morts dans les tortures au fond des cachots de nos ennemis.

**IV.** Oh! oui, notre Sauveur, la Pologne dans les fers, réduite à l'impuissance, abreuvée d'amertume, entourée de bourreaux, qui la profanent et la blasphèment, c'est aussi ta croix de Golgotha.

V. Aujourd'hui qu'une étincelle de sa force vitale a brillé dans son sein déchiré, aujourd'hui que les cœurs des Polonais sont unis, Seigneur ! nous osons espérer en toi.

VI. Nous prions ton père en ton nom, il nous exaucera si tu ne nous refuses pas ton appui.

VII. Pardonne-nous nos péchés, ô juge miséricordieux. Rends pour toujours à notre patrie la liberté. Soutiens, nous t'en conjurons, la cause polonaise, relève les humiliés, abaisse les orgueilleux.

VIII. Ne nous laisse point succomber dans un farouche désespoir. Sois avec nous ou combats seul, mais ne punis pas nos bourreaux : ils ne savent ce qu'ils font.

IX. Le front courbé nous t'adressons chaque jour la même prière. Seigneur, prends pitié de la pauvre Pologne.

--------

# A DIEU, SEIGNEUR NOUS SOMMES TRISTES

*Jetez vos regards sur moi et ayez compassion de moi.*

PS. XXIV, 16.

I. Seigneur Dieu ! c'est peut-être la dernière plainte que ton peuple t'adresse, car déjà le ver qui ronge pénètre dans nos cœurs et sous notre épiderme ne reluit plus qu'un os décharné.

Seigneur ! nous sommes tristes.

II. Sur les bûchers ardents où nos frères expirent, sur les champs où nos fils tombent exténués de fatigue, au lieu de la fraîcheur et de la rosée, tu leur envoies tes foudres. Aussi tous saisis de douleur, nous te disons la gorge serrée dans un collier de fer :

Seigneur ! nous sommes tristes.

III. Nous pleurons, Seigneur, car le jour peut venir où l'ennemi brisera notre foyer domestique, outragera les tombes de nos héros et dispersera les cendres de nos pères.

Seigneur ! nous sommes tristes.

**IV.** Les chênes agités par le vent de la nuit parlent leur langue, c'est dans leur langue que par tout pays chantent les hirondelles, et peut-être plus d'un de nos fils méprise la sienne.

Seigneur ! nous sommes tristes.

**V.** Tous les oiseaux reviennent au printemps des pays étrangers, ils chanteront leur retour et peut-être pas un de nos frères ne reviendra. Leurs corps seulement, comme des jalons, marqueront des étapes.

Seigneur ! nous sommes tristes.

**VI.** L'ennemi nous tient dans sa main usuraire, il trafique de nos larmes qui sont nos perles. Nous sommes sans force, notre bouclier semble troué, le fer de l'ennemi ne s'y brise plus.

Seigneur ! nous sommes tristes.

**VII.** Seigneur ! Seigneur ! tu nous a donc à jamais retiré toute consolation ! Nous nous fanons comme des feuilles sous tes yeux et tu n'avances pas l'heure du salut. Permets, Seigneur, que du moins en nous prosternant humblement devant toi, nous te répétions ces paroles :

Seigneur ! nous sommes tristes.

---

# A LA MÈRE DE DIEU

> Nos pères ont espéré en vous ; ils ont espéré et vous les avez délivrés.
>
> PS. XXI, 24.

**I.** O mère de Dieu ! tu vois nos larmes, tu vois notre pauvre terre, cette grande pénitente. Là, tes enfants fidèles sont voués au martyre.

**II.** Du côté du nord tombent sur nous le froid et l'obscurité : Mère de Dieu viens à notre aide.

**III.** O mère de Dieu ! tu vois ces champs, c'est nous qui les cultivons et l'étranger les récolte. Tu vois nos villes, quelle misère y règne ! et comme on y est saisi de doute et de terreur. Efface le doute, conjure la terreur, ô mère de Dieu ! montre-nous la voie du salut.

IV. O mère de Dieu ! notre sainte Reine, toi qui as tant souffert au pied de la croix où ton Fils a sacrifié sa vie pour nous, de cette croix que la foule des infidèles abaisse aujourd'hui, en même temps qu'elle couvre de mépris les paroles de nos prières. O mère de Dieu ! aie pitié de nous.

V. O mère de Dieu ! c'est toi qui depuis mille ans as constamment guidé au combat les soldats polonais ; ce sont les chants entonnés à ta gloire, au milieu du bruit des armes qui réveillaient l'enthousiasme et le courage de la jeunesse, soit toujours pour nous la même que dans les siècles passés. O mère de Dieu ! prends nous sous ta garde.

VI. O mère de Dieu ! nos rois t'adressaient d'humbles prières, pour eux, pour la patrie, pour les peuples confiés à leurs soins, et leurs entreprises ont toujours réussi ; intercède pour nous dans le ciel, comme tu intercédais pour eux.

VII. O mère de Dieu ! toi, la Colombe de Sion, plus blanche que le lis, toi, l'aurore de la liberté qui du trône de Dieu fais rayonner sur le monde les vertus les plus pures, ô mère de Dieu qui a descendu parmi nous, comme la lumière de la foi nouvelle, montre-toi dans un arc-en-ciel en signe que Dieu daigne accepter nos sacrifices, et notre espérance sera raffermie, notre amour plus ardent, notre foi plus profonde.

---

# A DIEU, EN ACTIONS DE GRACES

<blockquote>
Avec Dieu nous ferons des actions de vertu et de courage et il réduira lui-même tous ceux qui nous persécutent.

PS. LII, 12.
</blockquote>

I. Seigneur ! nous te rendons nos actions de grâces, le Saint-Esprit est descendu sur nous. Nos peines désormais sont devenues plus légères et dans nos cœurs renaît l'espérance.

II. Que le ciel devienne moins sombre ! Seigneur, nous venons vers toi réconciliés, en plein accord, ne saluant d'autres Maîtres que toi.

III. Nous sommes tous frères, tous tes enfants. Ton soleil luit pour tout le monde. Toi seul es grand, toi seul as la toute-puissance. Voilà la foi de tes enfants.

IV. Il n'en a pas toujours été ainsi parmi nous, aussi le châtiment s'est appesanti sur notre tête et un peuple héroïque couvert jadis de gloire porte aujourd'hui le joug des barbares Mogoles.

V. Parce que ce peuple a désobéi à ta loi, les Tartares ignorants lui donnent aujourd'hui des ordres, le rivent à la chaîne, ou le chassent dans les steppes.

VI. Nous te demandons, Seigneur, notre Arche sainte d'alliance, la Patrie, et ils nous massacrent, bien que nous ne portions d'autres armes que ton nom et ta loi.

VII. Nous ne redoutons pas leur carnage ; nous mourrons, puisque l'expiation dure encore, mais nous mourrons avec l'espoir, ô notre chère Pologne ! que tes chaînes seront brisées bientôt et qu'alors, libre dans l'accomplissement de tes destinées, tu sauras, digne de ta vie nouvelle, unir saintement ton devoir avec ton droit.

VIII. Notre repentir est sincère, Seigneur ! Tu nous pardonneras nos fautes, tu exauceras la prière que tes enfants fidèles t'adressent pour leur mère déchirée par ses ennemis.

IX. Jadis nous étions la sentinelle des peuples, cette garde qui nous était confiée a passé dans des mains infidèles, et depuis les peuples que nous couvrions de nos poitrines se noient dans les larmes et dans le sang.

X. Seigneur ! tu nous confieras de nouveau cette garde, c'est une charge séculaire de notre nation. Avec nous pour sentinelle, l'Occident retrouvera son rempart et le Nord recevra de nouveau ses rayons de l'Occident.

Seigneur ! nous te rendons nos actions de grâces. Le Saint-Esprit est descendu sur nous. Nos peines désormais sont devenues plus légères, et dans nos cœurs renaît l'espérance.

# GLOIRE A DIEU

(Chant composé à l'occasion de l'état de siége de la Pologne entière. Octobre 1861.)

> Le Seigneur donnera la force à son peuple.
> PS. XXVIII, II.

I. La Pologne est sous la loi martiale. La peur a saisi l'ennemi. Hommage et gloire à toi, Seigneur! tu nous a montré le vrai chemin.

II. Tu nous a donné un glaive à trois tranchants : l'amour, la foi, l'espérance. Devant ce glaive tremble aujourd'hui celui qui nous écrasait hier.

III. Il voit que les coups de sabre et la mitraille ne peuvent rien contre nous, qu'au milieu de la prière, malgré ses nombreux sicaires, la victoire nous restera.

IV. Il étend sur nous son bras de fer pour que dans un effort suprême et après avoir porté contre nous un faux témoignage devant le monde, il puisse avec plus de sécurité nous décimer durant l'état de siége.

V. Les tribunaux militaires attendent leurs victimes. Devant les juges est un Christ! odieux et outrageant contre-sens. Mais cette croix nous rappellera le Sauveur et notre courage grandira pour le martyre.

VI. Celui qui ne craint pas la mort, qui sait mourir avec joie pour la patrie, celui que ton bras protége, Seigneur, vaincra des lions !

La Pologne entière est sous la loi martiale, la peur a saisi l'ennemi. Hommage et gloire à toi, Seigneur! tu nous a montré le vrai chemin.

# PRIÈRE A DIEU

(Les Chrétiens et les Israélites Polonais.)

Aimez-vous les uns les autres.

J.-C.

### Les Chrétiens.

Seigneur ! dès le baptême de Mieczyslas, nous t'avons voué notre foi et nous t'adorons comme nos ancêtres t'ont adoré il y a des siècles.

### Les Israélites.

Jehova ! la loi de Moïse inspire notre croyance, mais l'amour de la patrie nous unit, et le culte de ta divinité, Seigneur, ne nous divise pas.

### Les Chrétiens.

Depuis des siècles ayant reçu chez nous l'hospitalité, Israël a payé sa dette de souffrance, il est aujourd'hui parmi nous comme dans sa famille. Seigneur ! tu nous a envoyé des frères.

### Les Israélites.

Ce n'est pas devant le même autel que nous déposons notre offrande pour la Pologne, mais celui qui te prie pour elle, juif ou chrétien, ne t'offense pas.

### Le chœur.

Unis dans notre pénitence et dans notre repentir, unis dans nos malheurs communs, juifs et chrétiens polonais, nous t'en conjurons, Seigneur, donne-nous la force pour délivrer la Pologne.

# A DIEU

Après la fermeture des églises

> Le Seigneur m'a châtié avec sévérité,
> mais il ne m'a pas livré à la mort.
> PS. CXVII. 18.

I. L'ennemi jaloux de notre passé nous a surpris, Seigneur ! célébrant aux pieds de tes autels un grand anniversaire et pour nous punir de ce crime, il a fait usage de ses armes, il a profané nos églises, il s'est emparé de tous les jeunes hommes qui, fidèle à leur Dieu et à leur patrie, imploraient pour elle ton appui.

II. Il les a conduits enchaînés sur des rives lointaines pour leur faire expier cruellement leur foi et leur amour. Mais tu es grand, tu es tout puissant, tu es juste, Seigneur ! aussi nous ne tremblons pas pour leur sort.

III. On les a envoyés chasser l'ours, extraire l'arsenic des mines de la mort, ou porter les armes pour la défense du despotisme : ils reviendront forts et libres servir encore la patrie.

IV. Ils apprivoiseront les ours, résisteront au poison, combattront pour défendre le faible contre le fort ; ils ranimeront la joie dans plus d'un cœur et reviendront victorieux, car leur force c'est ta volonté Seigneur.

V. Ils reviendront Seigneur, si tu le veux ainsi, enrichis d'un butin précieux qui n'aura couté ni une larme ni une goutte de sang. Ce butin c'est la fraternité conquise sur le cœur des Moscovites eux-mêmes. Ce butin sera notre rachat.

VI. Nos pontifes ont fermé les églises profanées, mais Seigneur, tu es partout, car tout est à toi, et nous te prions aujourd'hui réunis sous la voûte du ciel : Dieu de justice et de miséricorde daigne avancer l'heure qui doit sur l'horloge éternelle sonner la fin du châtiment que nous avons mérité jadis et le signal du pardon gagné par une expiation d'un siècle.

21631. — Paris. — Imprimerie RENOU ET MAULDE, rue de Rivoli, 144.